Un ruido detrás del sillón.

¡CRAC-CRAC!
¡CRAC-CRAC!

Miguel abre un ojo.

¿Hay alguien ahí?

¿Son ustedes, chicos?

¿Es un juego y consiste en esconderse?
¿Sí?

1

2

3

Sí. Porque si uno le dice eso, la dama se imagina que es vieja y que nadie se enamorará de ella.

¿Y tú crees eso, Miguel?

¡No, no, no! Yo estoy enamorado de usted.

MMM... ¡EJEM! ¡EJEM!

¿Estás cortejando a mi compañera, chico?

Si la quieres, tendrás que luchar. ¡ja, ja!

¡Gulp! ¡Hola, capitán!

¡En guardia!

Un momento...

5

6

8

Oye...

Margarita...

Quería decirte que fue muy amable de tu parte el detalle de la sopa.

Creo que me gustaría probarla, ¿me das un poco?

Demasiado tarde, me la comí toda.

Bueno, pues... ¿qué le vamos a hacer?

¿Estás triste?

No, no, no me importa, de verdad.

Pero es que eres mi amigo. No quiero que estés triste.

No importa, de verdad.

¿Me prometes que vas a ser limpio, Margarita?

Claro que sí.

¿Ves? No hay problema.

¡Al agua!

Mi mamá no se da cuenta.

Mira, me dejé los calzones. Así estarás seguro de que no me voy a hacer caca.

Genial...

En el granero.

Cariño, tengo que ir a la clínica a sacar sangre. ¿Darás un vistazo a los monstruitos?

Tengo trabajo, corazón. ¿No podríamos pedir una entrega a domicilio?

No. Prefiero tener sangre fresca. En los hospitales públicos uno nunca sabe qué está comprando.

¿Cómo va esa ópera?

La estoy puliendo.

Llevo casi tres siglos oyendo hablar de ese proyecto. ¿Cuándo se podrá leer algo?

Oh, todavía debo trabajar más.

Bueno, dejo los niños a tu cargo.

Está bien...

Pero lo que no dice el Capitán es que, en los trescientos años que lleva componiendo su ópera, todavía no ha encontrado el título del primer acto. En realidad, no avanza. Cuando se es inmortal, se trabaja despacio.

Son pedos mágicos.

Caramba, no puedo negar que son bonitos.

Y además no huelen mal.

No. Si no los revientas, no apestan.

¡Qué divertido!

¡PLUF!

¡PLUF!

¿Puedes echar otros?

Claro. Incluso puedo mejorarlos.

Pero necesito concentrarme.

¡Adelante!

PRRRRRRR

¿?

Entonces se armó un gran alboroto.
Los muertos salieron de las tumbas y
caminaban, sin rumbo, por todas partes.

Si a su paso encontraban un obstáculo,
no lo rodeaban. Lo escalaban.

Había muertos en los árboles, en los pozos, sobre
las vacas... ¡Por todas partes!

Uno de ellos se subió a lo alto de una vieja casa;
trepó y trepó hasta llegar al vetusto
reloj detenido a las cinco.

Y en cuanto vio la hora, se puso a gritar
con voz de ultratumba:

¡Es la hora
del té!

Entonces todos los cadáveres
se dirigieron a esa vieja casa.

Mientras, Pandora, que había ido por sangre a la clínica, ignoraba lo que sucedía.

Estaba muy ocupada.

Con la ayuda de una lanceta esterilizada, practicaba una pequeña incisión en la yugular de los pacientes dormidos.

Después extraía a cada paciente la sangre necesaria para llenar una botella. ¡Silencio absoluto! A veces, sólo el ruido de la sangre, al salpicar las botellas, turbaba el silencio nocturno.

Pandora sólo extraía a cada víctima un poco de sangre, para que nadie se diera cuenta. Sin embargo, a veces, algún paciente se despertaba. Entonces ella le daba el «beso del vampiro» y el paciente se sumía en un profundo sueño.

Y a la mañana siguiente, sólo le quedaba un vago recuerdo de sensaciones agradables.

19

El agua todavía está caliente. Ustedes también se pueden bañar. Así la aprovechan.

Gracias, estamos bien así...

Pe... pe pe... Pequeño Vampiro, mira por la ventana.

¿Y eso?

¡GLUPS!

¡Son esqueletos!

¿Qué querrán?

Y yo qué sé.

¡Capitán!

¡Capitán!

¡Esqueletos!

Ya lo sé.

Están por todas partes.

¡Capitán!

Permanezcan detrás de mí.

Castillo Mouchak

Y el Capitán abrió la puerta.

Soy el Capitán de los Muertos. Ésta es mi morada y ustedes no son bienvenidos aquí. ¿Qué desean?

Es la hora del té.

Venimos a tomar el té.

Si no nos dan un buen té, lo romperemos todo.

Con golosinas

Y un poco de leche

Y limón.

20

En ese momento, en casa de Miguel, la abuela despierta al abuelo.

¡Arturo! ¿Mm?

Arturo, hace un poco de frío. Deberías ir a ver si el pequeño está bien arropado.

Ya voy, amorcito.

El abuelo se levanta, se pone las pantuflas, prende una vela y se dirige al cuarto de Miguel.

¡La cama está vacía!

Debe haber vuelto a salir con Pequeño Vampiro.

Al abuelo le gusta que Miguel tenga amigos un poco raros.

¡Pues sí! Los vampiros y los monstruos enriquecen el espíritu. Siempre es más instructivo que los compañeros idiotas de la escuela.

Por supuesto, la abuela no debe saberlo... Por suerte, el abuelo miente muy bien.

Arturo, ¿no lo despertaste, verdad?

No, amorcito, duerme como un bebé. Incluso ronca.

En eso se parece a ti.

Tú también roncas, mi amor.

Duérmete, imbécil.

¡RRRRRRRR!

¡RRRRRRRR!

22

Se sirvió la bebida a los esqueletos. Parecían bastante contentos. A pesar de que el líquido tenía más té que agua, a que nadie aseguraba que la bebida fuera té y a que podía tratarse de hierbas aromáticas, los muertos estaban encantados.

¡SLURP!

¡Tututut!

Pero, ¿habría podido ocurrir de otra manera? Los esqueletos no tenían lengua, ni papilas gustativas, ni garganta, ni estómago. Sólo hacían el gesto de beber, bebían el recuerdo del té.

¡Exquisito!

¿Earl Grey?

Darjeeling, diría yo.

A sus pies se podía ver cómo chorreaba el líquido que sus huesos no podían retener.

Después del té, los esqueletos se pusieron a dormitar.

El resultado fue un montón de cadáveres en el comedor.

Tuvieron que recoger todo aquello.

Poner a cada uno en su tumba.

Limpiar todo.

Ya viene mamá. Ni una palabra sobre lo que pasó.

Hoooola, corazoncito, ¿cómo estás?

Mmm... ¿qué pasó aquí?

Nada.

Nadie jugó al póquer.

Y no entró ningún esqueleto.

Bueno... traigo sangre fresca, tendremos un festín. Vayan a poner la mesa.

¡Otra vez!

¿?

¡¡¡Cá-lla-te!!!

Entonces volvieron a poner la mesa y todo el mundo recibió un buen tazón de sangre, menos Miguel porque es judío y no era sangre kosher.

Entonces, ¿quieres un poco de té?

No. No queda té.

¡Ah!

Sí, sí, un té. Pero... ¡uf! Mejor creo que no.

Finalmente, le prepararon chocolate con leche sin descremar. ¡Delicioso!

Sangre.

Chocolate.

Sangre.

Después, la mamá de Pequeño Vampiro tomó a Miguel en brazos.

¡Adiós, muchachos!

¡Adiós!

Y lo llevó a su casa.

¡Adiós, amigo!

Un besito.

Pero Pandora, en vez de regresar a su casa en seguida, se quedó en la biblioteca para ver los libros.

Y no se dio cuenta de que ahí estaba el abuelo.

¿Acaso a usted le gusta la anatomía?

Soy el abuelo de Miguel.

clavícula.

Esternocleidomastoideo, yugular...

¿No está usted casado?

Regrese cuando guste.

Doctooor...

27

Mientras el abuelo terminaba con la señora, Miguel pidió otro helado y después se puso
a leer "Conan el bárbaro". Luego, intentó dibujar una historia de "Conan el bárbaro".
Pero no era fácil trazar los músculos. Por eso, decidió dibujar una tira cómica.